如果我们想对家人说一些话，但家人不在身边，
就可以把话写在纸上，请邮递员送达。
这就是家信，也称家书。

图书在版编目（CIP）数据

家书里的故事 / 刘少鹏编著 ； 李叶蔚绘. -- 北京 ：
中国和平出版社，2020.1
ISBN 978-7-5137-1652-9

Ⅰ. ①家… Ⅱ. ①刘… ②李… Ⅲ. ①故事—作品集
—中国—当代 Ⅳ. ①I247.81

中国版本图书馆CIP数据核字（2019）第093030号

家书里的故事
JIASHU LI DE GUSHI

刘少鹏 / 编著　　李叶蔚 / 绘

策　划	肖维玲 刘增利
责任编辑	孙蕾蕾
特邀编辑	刘　琦
责任印务	魏国荣
版式设计	李文静
出版发行	中国和平出版社（北京市海淀区花园路甲13号院7号楼10层　100088）
	www.hpbook.com　　hpbook@hpbook.com
出 版 人	林　云
经　销	全国各地书店
印　刷	北京联兴盛业印刷股份有限公司
开　本	889mm×1194mm　1/16
印　张	3.5
字　数	45千字
印　量	1～10000
版　次	2020年1月第1版　2020年1月第1次印刷
书　号	ISBN　978-7-5137-1652-9
定　价	49.00元

家书里的故事

JIASHU LI DE GUSHI

刘少鹏 / 编著　　李叶蔚 / 绘

中国和平出版社
China Peace Publishing House

第一是要做个好人

——郑板桥家书

清代书画家郑板桥是一位细心的父亲。他在山东做官时，儿子麟儿在江苏老家。于是，他常常写信给堂弟，请他把麟儿教导成一个好人。

夫读书中举中进士做官，此是小事，第一要明理做个好人。

（潍县署中与舍弟墨第二书）

麟儿六岁，到了吵着要养宠物的年纪了。郑板桥写信告诉他，不要把螃蟹蜻蜓这些小动物当玩具，毕竟它们也是生命；也不要在笼中养鸟，那样是剥夺了鸟儿的自由。

如果一定喜欢养鸟的话，就种树吸引鸟儿们来吧。

平生最不喜笼中养鸟，我图娱悦，彼在囚牢，何情何理，而必屈物之性以适吾性乎！至于发系蜻蜓、线缚螃蟹，为小儿玩具，不过一时片刻便折拉而死。…… 欲养鸟莫如多种树，使绕屋数百株，扶疏茂密，为鸟国鸟家。

（潍县署中与舍弟墨第二书）

郑板桥觉得，虽然自己只是做了小官，但儿子已经算是富贵子弟了。他特意教导麟儿要帮助家境不好的同学，而且还要用看似无意的方式保护他们的自尊心。

我虽微官，吾儿便是富贵子弟……纸笔墨砚，吾家所有，宜不时散给诸众同学。每见贫家之子，寡妇之儿，求十数钱，买川连纸钉仿字簿，而十日不得者。当察其故而无意中与之。至阴雨不能即归，辄留饭，薄暮，以旧鞋与穿而去。彼父母之爱子，虽无佳好衣服，必制新鞋袜来上学堂，一遭泥泞，复制为难矣。

（潍县寄舍弟墨第三书）

猜猜我有多想你

——梁启超家书

大思想家梁启超非常爱写家书，也非常爱想念自己的孩子。有一次，他喝醉了酒，在纸上写满了对女儿思顺的思念。

我的宝贝思顺：

我接到你这封信，异常高兴，因为我也许久不看见你的信了，我不是不想你，却是没有工夫想。四五日前吃醉酒……据廷灿说，我那晚拿一张纸写满了“我想我的思顺”“思顺回来看我”等话，不知道他曾否寄给汝看。

(1922年11月26日给梁思顺的信)

正是因为梁启超如此爱想念孩子，害得他的宝贝们经常打喷嚏。这不，两个月后的一天，思顺突然打了十几个喷嚏。原来，那会儿父亲正一边看她的信，一边在想念她呢！

宝贝思顺：

十六日书收到，你连打十几个喷嚏的时候，果然不错，那时正是我从南京回来，正下车在你母亲房内看你的信哩。

（1923 年 1 月 29 日给梁思顺的信）

永香麵園
利民公司
三陽號
米行
品公司

这一天，梁启超在信里给思顺说了一件惊险的事情：她的两个弟弟出了车祸。梁启超一面庆幸两个孩子“从阎王手里把性命争回”，一面为他们的勇敢和互助感到十分骄傲。

思永满面流血，飞跑回家，大家正在惊慌失色，他说快去救二哥罢，二哥碰坏了。……两个孩子真勇敢得可爱，思成受如此重伤，忍耐得住，还安慰我们；思永伤亦不轻，还拼命看护他的哥哥。……我本来不打算告诉你，因为《晨报》将情形登出，怕你一见吓倒，所以详细写这封信。

（1923年5月8日给梁思顺的信）

接着的一封信里，梁启超急忙告诉思顺，两个弟弟已经脱离危险，肇事司机也找到了，还讲了两个弟弟在医院的趣事。这下，作为姐姐的思顺也终于放下心来。

前两天我去看他们，思永嘴不能吃东西，思成便大嚼大啖去气他。思成腿不能动，思永便大跳大舞去气他。真顽皮得岂有此理。

（1923年5月11日给梁思顺的信）

梁启超给孩子们都取了可爱的昵称。大女儿梁思顺是“大宝贝”，二女儿梁思庄是“小宝贝”，最小的孩子梁思礼叫“老白鼻”，就是“老Baby”。“老白鼻”顽皮可爱，经常逗得大家哈哈大笑。这些好玩的事情，也都记录在了家书里，成了全家人最美好的记忆。

老白鼻一天一天越得人爱，非常聪明，又非常听话，每天总逗我笑几场。他读了十几首唐诗，天天教他的老郭念，刚才他来告诉我说：“老郭真笨，我教他念‘少小离家’他不会念，念成‘乡音无改把猫摔’。”（他一面说一面抱小猫就把那猫摔下地，惹得哄堂大笑）

（1927年1月2日给孩子们的信）

1927年的冬天，梁思成将要迎来人生的一件大事——结婚。作为父亲，梁启超非常高兴，为他们筹办婚礼、设计蜜月旅行路线。兴奋和忙碌之余，他还有点不敢相信，曾经自己怀里的小不点，竟然这么快就长大成人了！

思成：

这几天为你们聘礼，我精神上非常愉快，你想从抱在怀里"小不点点"（还经过千灾百难的），一个孩子盘到成人，品性、学问都还算有出息，眼看着就要缔结美满的婚姻，而且不久就要返国，回到我的怀里，如何不高兴呢？

（1927年12月18日给梁思成的信）

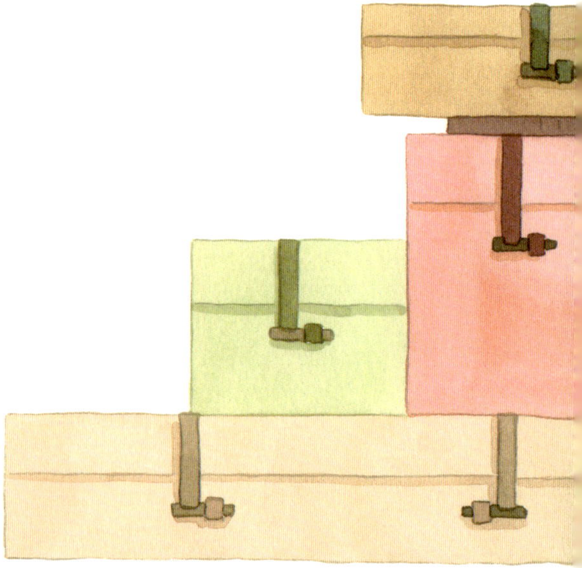

像很多父亲一样，虽然孩子已经长大，但对重要的事情还是会反复叮咛。几个月后，梁启超又写信嘱咐两位新人一定注意两件事情：健康、和睦。

你们结婚后，我有两件新希望：头一件，你们俩体子都不甚好，希望因生理变化作用，在将来健康上开一新纪元；第二件，你们俩从前都有小孩子脾气，爱吵嘴，现在完全成人了，希望全变成大人样子，处处互相体贴，造成终身和睦安乐的基础。

（1928年4月26日给梁思成、林徽因的信）

没有辜负父亲的期望，这一对新郎新娘，在之后的人生里，一起走过了风风雨雨，一起完成了了不起的事业。对于孩子们婚姻的幸福，作为父亲的梁启超无比欣慰，还曾在一封信里说：希望普天下的婚姻都像我们家孩子的一样！

中国邮政
CHINA POST

祖国之门向你敞开

——傅雷家书

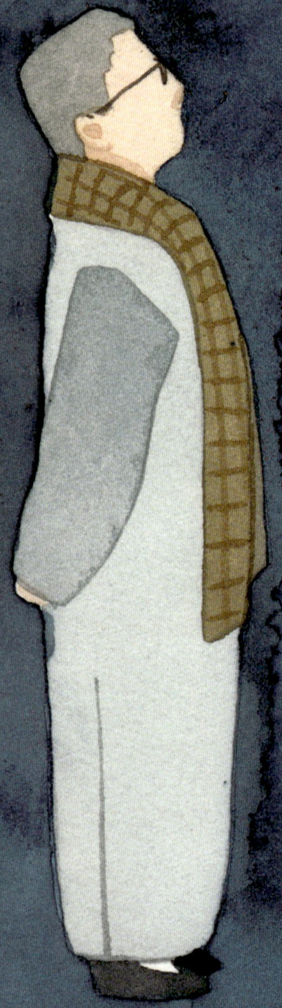

翻译家傅雷有两个儿子，傅聪和傅敏。在给这两位“聪敏”的儿子的家书里，傅雷除了叮嘱他们保重身体、完成学业，还总不忘提醒他们要时时想着自己的国家。

1959年，已经是钢琴家的傅聪去了国外，身在国内的父亲谆谆教诲他，时时刻刻不要忘记祖国。

你既没有忘怀祖国，祖国也没有忘了你，始终给你留着余地，等你醒悟。我相信：祖国的大门是永远向你开着的。……个人的荣辱得失事小，国家的荣辱得失事大！你既热爱祖国，这一点尤其不能忘了。

（1959年10月1日给傅聪的信）

1962年冬天，傅敏被分配到北京女一中教书，宿舍环境简陋，生活艰苦。傅雷叮嘱他一定要注意身体，并且把吃苦当作一种财富，不能因为一时的困难而对国家失去信心！而傅敏也的确克服了困难，成了一名成绩卓著的好老师。

你从小家庭生活过得比较好，害你今天不习惯清苦的环境。若是棚户出身或是五六个人挤在一间阁楼上长大的，就不会对你眼前的情形叫苦了。我们决非埋怨你，你也是被过去的环境、教育、生活习惯养娇了的。可是你该知道现代的青年吃不了苦是最大的缺点……身体也得注意，关节炎有否复发？肠胃如何？睡眠如何？健康情况不好是事实，无须瞒人，必要时领导上自会照顾。夜晚上厕所，衣服宜多穿，防受凉！切切切切。……无论如何要咬紧牙关挺下去，堂堂好男儿岂可为了这些生活上的不方便而消沉，泄气！……大家都在吃苦，国家还有困难，一切不能操之过急。

（1962年12月5日给傅敏的信）

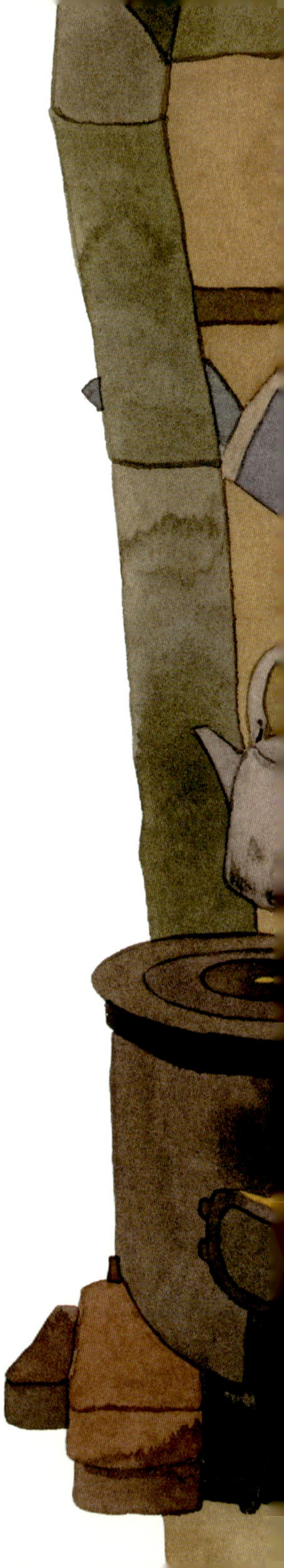

中国邮政
CHINA POST

别时容易见时难

——左权家书

1939年4月，春暖花开，八路军副参谋长左权和女战士刘志兰结婚了。第二年5月，他们有了一个可爱的女儿。因为生在太行山北的前线，左权给她取名叫左太北。八路军总部经常转移，妇女和孩子在这里既危险又不便。于是，三个月之后，左权把她们送回了延安。

志兰：

接何廷英同志上月廿六日电，知道你们已平安地到达延安。带着太北小鬼长途跋涉真是辛苦你了。当你们离开时，首先是担心着你们通过封锁线的困难，更怕意外的遭遇。……今竟安然到达了老家——延安。我对你及太北在征途中的一切悬念当然也就冰释了。……太北身体好吗？没有病吗？长大些了没有？更活泼些了没有？有便时请一一告我。

……

敌人的政策是企图变我根据地为一片焦土，见人便杀，见屋便烧，见粮食便毁，见牲畜便打，虽僻野山沟都遭受了损失，整个太北除冀西一角较好外，统均烧毁，其状极惨。

（1940年11月12日给刘志兰的信）

从此，这位铁血将军的心里有了最温暖的挂念。如果有人去延安，左权总会请他捎上一封信。只要看到小孩子，他就会想到自己的北北。而看到花就会想起兰花，继而想到妻子“志兰”。

这个小宝贝小天使我真是喜欢她……可惜天各一方不能看到她抱抱她。哪里会忘记呢？在工作之余总是想着有你和她和我在一块，但今天的事实不是这样的。默念之余只得把眼睛盯到挂在我的书桌旁边的那张你抱着她照的相片上去，看了一阵后也就给我很大的安慰了。

（1941年5月20日给刘志兰的信）

大批菊花、牵牛花等，开得甚为好看。可惜的就是缺兰，而兰花是我所最喜欢最所爱的，兰恰离开我在千里之外，总感美中不足。每次打开门帘，见到各种花的时候，就想着我的兰，我最亲爱的兰。

（1941年9月24日给刘志兰的信）

日寇不断扫荡，部队的生活更加艰难了。“如果不搞生产，就简直不能维持。”于是，这一年，左权“没有种花，而是种了四五十棵洋姜，还有二十棵西红柿……每日除照常工作外，休息时玩玩扑克与斗牛”。在少有的闲暇里，他总是会数着日子：与妻子和女儿分别已经21个月了，哪天才能相聚呢？

1942年5月22日，他又一次把思念写进了家书里。

在闲游与独坐中，有时总仿佛有你及北北与我在一块玩着、谈着。特别是北北非常调皮，一时在地下，一时爬在妈妈怀里，又由妈妈怀里转到爸爸怀里来，闹个不休，真是快乐。可惜三个人分在三起，假如在一块的话，真痛快极了。

……

志兰！亲爱的，别时容易见时难。分离廿一个月了，何日相聚，念念、念念。

（1942年5月22日给刘志兰的信）

没想到，这封信成了左权最后的一封家书。三天后，5月25日，在八路军总部的突围战斗中，敌人的飞机盘旋轰炸，一颗炮弹在左权的身边爆炸，碎片击中了他的头部，将军牺牲了。他是抗日战争中牺牲的八路军最高将领，也是永远伫立在太行之北的丰碑。

“不要忘记教育小太北学会喊爸爸，慢慢地给她懂得她的爸爸在遥远的华北与敌寇战斗着……”

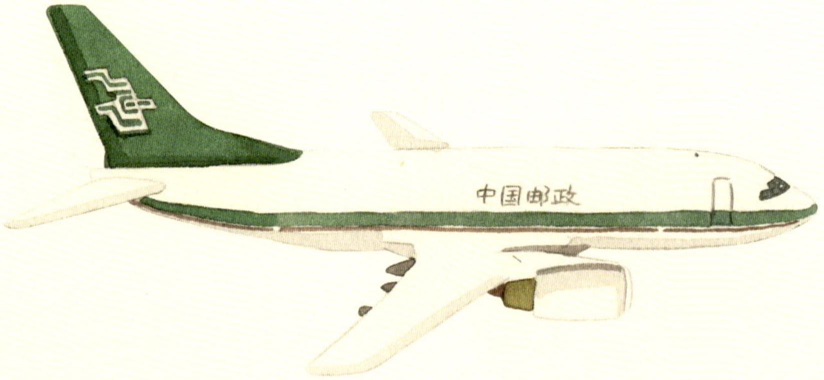
中国邮政

关于家书更多的故事

以前，
一些不认识字的人，
写家书要请人代笔，
收到回信也要请人帮着读。

现在，没学会写字的孩子，

有时会用画给爸爸妈妈、爷爷奶奶写信，

同样也是家书。

大词人苏轼有一首流传千古的《水调歌头·明月几时有》，其实也是写给弟弟子由的一封家书。

丙辰中秋，欢饮达旦，大醉，作此篇，兼怀子由。

明月几时有？把酒问青天。不知天上宫阙，今夕是何年。我欲乘风归去，又恐琼楼玉宇，高处不胜寒。起舞弄清影，何似在人间。

转朱阁，低绮户，照无眠。不应有恨，何事长向别时圆？人有悲欢离合，月有阴晴圆缺，此事古难全。但愿人长久，千里共婵娟。

家书的“家”，可以是关于父母与儿女、丈夫与妻子、兄弟与姐妹的小“家”，也可以是关乎民族与国家的大“家”。邮票虽小，却可以载着浓浓的乡愁和重重的家国情。著名诗人余光中的《乡愁》，也是一封写给家乡和祖国的家书。

小时候，乡愁是一枚小小的邮票，我在这头，母亲在那头。

长大后，乡愁是一张窄窄的船票，我在这头，新娘在那头。

后来啊，乡愁是一方矮矮的坟墓，我在外头，母亲在里头。

而现在，乡愁是一湾浅浅的海峡，我在这头，大陆在那头。

家书不喜欢孤单，它们喜欢热闹，也希望更多的家书像天空的鸿雁一样，不断地飞来飞去。于是，家书里还经常写道：希望能收到你更多的来信……

还记得爱给孩子们写信的梁启超吗？其实，他不但爱写家书，更希望多多收到孩子们的来信。当孩子们的来信少了，他也会唠叨起来。

你来信终是太少了，老人爱怜儿女，在养病中以得你们的信为最大乐事。你在旅行中，尤盼将所历者随时告我（明信片也好）。

（1928年4月26日给梁思成、林徽因的信）

如果有一天，
长大后的你离开家人，到了远方，
是不是也会写家书或者盼望收到家人的来信呢？

附：家书人物小传

郑板桥

清代著名书画家，“扬州八怪”重要代表人物。曾任山东范县（今河南范县）、潍县（今山东潍坊市）县令，政绩显著，后客居扬州，卖画为生。

郑墨

郑板桥的堂弟。兄弟二人感情很深，郑板桥被派到山东潍县做知县，将儿子郑麟留在家里，由妻子及郑墨照管。郑板桥担心自己的儿子被娇惯变坏，经常写信给郑墨谈及教子问题。

梁启超

中国近代思想家、政治家、教育家、史学家、文学家。梁启超共有9个儿女，个个成就不凡，这与他的家教是分不开的，而家书的作用也显而易见。梁启超给子女写的家书非常多，经常是一两天就发出一封，与子女无所不谈，并且颇具童心，他既是慈父，也是孩子们的好朋友。

梁思顺

梁启超的长女。诗词研究专家，自幼受父亲的熏陶和教育，爱好诗词和音乐。她长期担任父亲的助手，并尽心照顾弟弟妹妹，深得梁启超的喜爱，也是梁家的子女中收到父亲家书最多的一个。

梁思成

梁启超的第二个儿子（第一子早夭）。建筑历史学家、建筑教育家和建筑师，毕生致力于中国古代建筑的研究和保护，参与了人民英雄纪念碑、中华人民共和国国徽等作品的设计。

林徽因

梁思成的第一任妻子。建筑师、诗人和作家，人民英雄纪念碑和中华人民共和国国徽方案的设计者之一。文学上，著有散文、诗歌、小说、剧本、译文和书信等，代表作《你是人间四月天》等。

梁思礼

梁启超最小的儿子。火箭系统控制专家，中国导弹控制系统研制创始人之一。曾获国家科技进步特等奖、国家科技进步二等奖等。